Le Grand Bal des Fées

© 2010 par Disney Enterprises, Inc.

Publié par Presses Aventure, une division de
Les Publications Modus Vivendi Inc.
55, rue Jean-Talon Ouest, 2ᵉ étage
Montréal (Québec) Canada, H2R 2W8

Publié pour la première fois en 2010 par Random House
sous le titre original *A Dozen Fairy Dresses*

Traduit de l'anglais par Lucie Poulin

Dépôt légal - Bibliothèque et Archives nationales du Québec, 2010
Dépôt légal - Bibliothèque et Archives Canada, 2010

ISBN 978-2-89660-161-5

Nous reconnaissons l'aide financière du gouvernement du Canada par l'entremise du Fonds du livre du Canada
pour nos activités d'édition.

Gouvernement du Québec – Programme de crédit d'impôt pour l'édition de livres – Gestion SODEC

Imprimé au Canada

Le Grand Bal des Fées

Par Daisy Alberto

Illustré par Disney Storybook Artists

Tin, tin, tin! La Reine Clarion tape sur son verre avec une cuillère. Elle a quelque chose d'important à annoncer. Hem se redresse sur sa chaise.

« Dans trois jours, ce sera une nuit spéciale. C'est la nuit de la Lune Pourpre », dit la Reine Clarion. Elle regarde toutes les fées assises autour du salon de thé. « Quand la Lune se lèvera, elle sera de couleur rouge foncé, et pour célébrer cette occasion, nous donnerons un bal ! »

Hem soupire de joie et ferme les yeux. Elle peut s'imaginer la robe qu'elle se fera. Elle est jolie, mais toute simple. Elle sera la reine du bal !

Hem est une Fée Couturière. Rien ne lui plaît autant que de coudre une belle robe. Et un bal est une excellente raison pour confectionner une nouvelle robe !

« Hem ? Hem ? M'entends-tu ? » lui demande une voix.

Hem ouvre les yeux. Un groupe de fées se tient autour d'elle. Clochette secoue les épaules de Hem. « Alors, le feras-tu ? lui demande Clochette. Me feras-tu une nouvelle robe pour le bal ? »

« Et moi ? » demande Rani.

« Et moi ? » demande Fira.

Toutes les fées veulent une nouvelle robe. Hem ferme les yeux et soupire encore. Elle aime bien faire des robes, mais elle aime aussi prendre son temps. Et elle n'a pas beaucoup de temps avant le bal ! Pourtant, elle ne peut dire non à ses amies.

Peut-être qu'un bal n'est pas une si merveilleuse idée après tout.

Tandis qu'elle vole vers son atelier
de couture, Hem a la tête qui tourne.

Elle doit faire dix robes – en trois jours !
Comment y parviendra-t-elle ?

Elle retire une liste de sa poche.
Elle a noté le genre de robe que désire
chacune des fées.

Hem attrape un panier et se hâte vers le jardin de Lily. Lily l'accueille au portail.

«Puis-je cueillir quelques fleurs pour les robes?» demande Hem à la Fée Jardinière.

«Bien sûr! dit Lily. Mais seulement si tu me fais aussi une robe. Je crois qu'une robe Lis tigré serait très jolie!»

Hem hausse les épaules. Elle doit déjà faire dix robes. Une de plus ne peut pas faire de mal.

«Bien sûr», dit-elle à Lily.

Lily et Hem cueillent les plus jolies fleurs du jardin.

Elles choisissent une rose rouge pour la robe de Rosélia,

et une jonquille pour Clochette.

Elles cueillent des pois de senteur roses
pour la robe de Rani,

et un crocus rayé blanc et violet
pour Ondine.

Elles trouvent une tulipe rose pour la robe de Fira,

et une pensée jaune pour celle de Prilla.

Elles choisissent un liseron pour
la robe de Beck.

Et un trèfle vert tout frais pour Noa.

Hem est étonnée que Noa veuille même
une nouvelle robe.

D'habitude, elle n'aime pas se faire
belle !

Hem trouve des jacinthes des bois pour Bess et des perce-neige pour Iridessa.

« Attends ! » crie Lily avant que Hem ne parte. « N'oublie pas le lis tigré pour ma robe ! »

Lily regarde une fleur, puis une autre. Elle veut trouver le parfait lis tigré. Hem frappe du pied. Elle n'a pas de temps pour ça !

Enfin, Lily choisit la fleur qu'elle préfère. Elle la place dans le panier de Hem. Le panier de Hem est lourd.

Hem retourne tranquillement à son atelier. Puis, elle se met au travail. Elle coupe. Elle épingle. Elle fait des petits plis. Elle coud, elle coud et elle coud encore.

Il fait déjà nuit, et elle n'a terminé que trois robes !

Hem se remet au travail dès le matin. Il
y a tant de choix à faire ! Clochette aimerait-
elle une robe longue ou une robe courte ?
Rosélia préférerait-elle des manches
bouffantes ou des manches simples ?

Hem veut faire le bonheur de toutes ses
amies. Elle coud, elle épingle et elle coupe.
À midi, elle termine la robe Jacinthe de pois
pour Bess. Deux heures plus tard, la robe
Pensée pour Prilla est complétée. Au
crépuscule, elle termine la robe Lis tigré
de Lily. Hem veille très tard dans la nuit.

Puis, c'est la journée du bal. Hem reprend la ceinture de la robe de Fira.

Elle ajoute un plissé à la jupe de Noa.

Elle coud une fleur sur le corsage
de Ondine. Elle a presque terminé.
Il ne lui reste que deux robes à coudre !

Hem travaille aussi rapidement qu'un bourdon. Ses doigts survolent les pétales. Enfin, la dernière robe est terminée. Elle la suspend à côté des dix autres.

Hem regarde les onze robes. Chacune est différente. Chacune est très jolie.

Toc, toc! On frappe à la porte de Hem. Elle vole jusqu'à la porte et l'ouvre. Ses amies fées sont rassemblées à l'extérieur.

« Les robes sont-elles prêtes ? » demande
Prilla, son visage empreint d'enthousiasme.
Les autres fées se pressent autour d'elle. Elles
sont impatientes de voir leur robe !

« Oui ! Venez ! » dit Hem. Et elle fait signe
aux fées d'entrer.

Rosélia vole directement vers la robe rose.
« Aaah ! » s'extasie-t-elle. Les yeux
de Rani se remplissent de larmes. Elle serre
sa robe Pois de senteur contre sa poitrine.

« Quelle splendeur ! » dit Noa lorsqu'elle
voit sa robe verte.

« Hem, tu es la meilleure ! » dit Clochette.
Les fées s'emparent chacune de leur robe.
Puis, elles quittent l'atelier.

Hem s'effondre sur le plancher sur une pile de retailles de pétales. Elle est très contente des jolies robes qu'elle a faites. Mais elle est fatiguée. Elle ne veut pas faire une autre robe d'ici longtemps !

Hem s'allonge, et pose ses bras derrière la tête. Maintenant elle peut se détendre.

Elle pourra aller au bal dans la cour et observer la Lune Pourpre.

Le bal ! Hem se redresse.
Elle a oublié de se faire une robe !

Hem vole vers sa garde-robe. Elle ouvre les portes et regarde à l'intérieur. Elle a beaucoup de belles robes. Mais aucune n'est aussi jolie que celles qu'elle vient tout juste de coudre.

Les yeux de Hem se remplissent de larmes. Il est trop tard pour trouver une fleur parfaite pour sa robe. Elle voulait être la reine du bal. Maintenant, elle devra se contenter d'admirer les robes des autres fées.

«Fil et bobine!» s'écrie Hem. Elle
donne un coup de pied sur les retailles
de pétales autour de son pied. Un morceau
de tulipe se détache de la pile.

Hem ramasse le pétale. Puis, elle aperçoit une demi-violette. Elle trouve une retaille de lis tigré et une partie de coquelicot.

Peut-être n'a-t-elle pas besoin de cueillir une nouvelle fleur après tout. Elle pourrait confectionner une robe à partir de tous les morceaux qui restent !

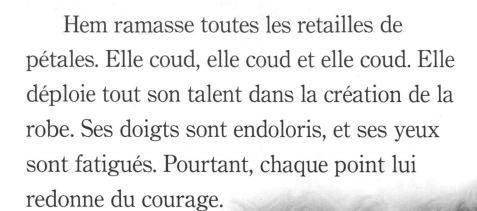

Hem ramasse toutes les retailles de pétales. Elle coud, elle coud et elle coud. Elle déploie tout son talent dans la création de la robe. Ses doigts sont endoloris, et ses yeux sont fatigués. Pourtant, chaque point lui redonne du courage.

Il fait nuit lorsque Hem termine sa robe. Elle glisse la robe par-dessus sa tête et noue la ceinture derrière.

La robe tourbillonne autour de ses chevilles et flotte autour de ses bras. Elle semble aussi légère que l'air. Maintenant, douze robes de fées sont prêtes à temps pour le bal!

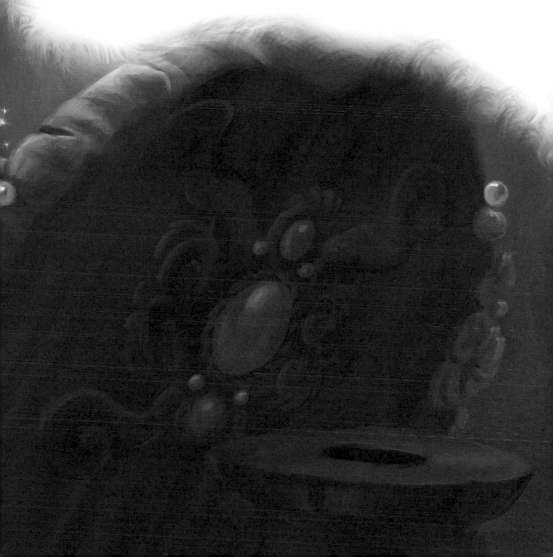

Hem vole jusqu'à la cour. Elle s'arrête juste à l'entrée. Elle demeure dans l'ombre de l'Arbre Maison et lève son regard vers la cour éblouissante. Toutes ses amies sont présentes.

Chacune d'entre elles porte une robe magnifique. Le coeur de Hem se gonfle de fierté.

Puis, Hem entre dans la lumière des lucioles. La musique s'arrête. La danse s'arrête. Chaque regard se tourne vers Hem.

Sa robe est un arc-en-ciel de couleurs. Elle est rouge, jaune, orange, verte, bleue, rose, violette, et blanche. Les couleurs sont scintillantes.

Les amis se rassemblent rapidement
autour d'elle.

« Hem, que tu es belle ! » dit Ondine.

« Ce sont toutes les retailles de nos robes
que tu as assemblées ! » remarque Noa.

« Je suis heureuse que tu aies fait
la plus belle robe pour toi »,
dit Clochette.

Hem devient rose de plaisir.

La Reine Clarion vole à ses côtés.

« Hem, quelle jolie robe ! » lui dit-elle.
Puis, elle chuchote à son oreille :
« M'en ferais-tu une juste comme ça ? »

Quelques heures auparavant, Hem
n'aurait même pas voulu songer à faire
une autre robe. Mais maintenant, elle voit
les choses différemment. Maintenant, elle
a hâte de s'y mettre. « Ça me ferait plaisir »,
dit-elle.